詩集

風の森

西田　純

Nishida Jun

竹林館

西田　純詩集　風の森

目次

I

Ⅱ

Ⅲ

Ⅳ

詩集　風の森

I

風の森

峠のちいさな祠から
なだらかな　棚田を
おおきく　かけめぐり
空へのびていく　稲穂を
からだいっぱい　つつみこむ

森を
そこをあるく人々の　たましいを
ひとつのこらず　飲みほして

冬の日の

冬の日の
まぶしく　顔をてらし出し
だきとめてくれ
流れる　ことだまを

こおりつく　ひかりのなかに
湧き出して
まだ見ぬ自分の
楽《がく》の葉を　育て

＊楽…音楽

夕暮れ

まだ　すこしほてっている
ひたいに　かすかに
ふきつける風

月の光から　やってきたのか
虫の鳴く草むらから　飛んできたのか

地についた足が　もどかしくて
ぼくは　風の上を
歩いていきたい

ひとしずくの

山に　囲まれ
ひとしずくの水が
一まいの葉をつたって
絶え間なく　ながれ

自分の　まんなかの
遥か内側から　あたたかく
動き始めよう

森

ここで　聞こえるのは
言葉を持たない声だけだ
響きのなかで
木は
あらゆる生き物を　取り巻いて

明るい日ざしの中から　あふれ出す声
自分の胸から　流れ出す音と
幾重にも　重なり合い

いつまでも　聞いていたい
人の声よりも　ずっと多いのに
しずかに　いきづいて

流れ　――里山の灌漑池で

池を　とりかこむ
どっしり鎮座した　山を
いくつも見上げよう

ひとすじの帯の　水の流れに
一羽の鴨が
神にむかって　すすんでいく

自然と

人だけが　つくったものよりも
ひとが自然といっしょに　つくったもの
絶え間なく　呼吸して
大きく　こころがわきあがる

自然だけが　つくったものは
うつくしすぎて　こわくなる

ぼくは　はいりたい
ひとと自然のなかに

影は

影は　あおいもの
と　思っていたが
日光は　葉をすきとおらせ
ほのかに　あかるく
あかく　むらさきになり
木々にうめつくされた　太古の森で

光は　水に溶け
大気に溶けて

一歩ずつ
足を　踏み入れよう

青い花

おおいぬのふぐりが　さいている
山の麓の道ばたに　かぎりなく

ぼくも　このなかのひとつだ
いつか　いなくなっても
だれも　気づかないけれど

あかるい春の日ざしを　すいこんで
一つ　ひとつ　あふれかがやく
ちいさな　この花といっしょに
毎年　あらわれよう

山寺から

ここに　すわって
空も　山も
田畑も　家々も
一度に　自分で
つかんでしまおう

またたく間に　ぼくは
空からも　山からも
取りかこまれて

陰の中の

まぶしすぎる　うつくしい太陽の光よりも
すぐそばにひろがる
陰の中の
みどりいろの　ゆらめき

はげしく　たたきつける
雷雨に　耐え
おおいかぶさる
暗い雲の　重たいかたまりに

あせを　ふりおとし

やわらかい五月の風にのって
木は　葉をそそぎこむ

この光のなかに
なにもかも
自分を　とりこもう

あふれるまで

そびえ立つ　大きな木は
青く　晴れわたった
冬の　あたたかい空を
あふれるまで　おおいつくし

ふんわり　ちいさなちぎれ雲を
ときおり
とんびが　からみつき

どこまでも　高く
神社の境内は　のびていく

夏

風が　流れる
木かげほど
こころが　ひろがるものはない
せみの声が　かろやかに
ぼくの胸を　とばしていく

土を　ふみしめて

足の　内側の
からだの底から
自分が　たちのぼり
あたまの　てっぺんまで
あたたかく　登り出す

山道は
大地が　つくる
大気が　つくる

木が　草が　つくる
虫も　けものも　つくる

今までの
あらゆる動きが
あらゆるささやきが
あっちからも　こっちからも
ひとりでに　こぼれおちる
いくつも　重ね合わさった
足あとが　うかびあがる

山道は
人で　できている

ぼくも　落としていこう
自分を　その中へ
ほんの少しの
ひとつぶに　すぎないけれど
それだけで　生きている
いつまでも

Ⅱ

あおい　青

あおい　青
かぎりなくしずむ　あお

いつも　すきな色は
あかるい　青
みどりと　ともに
ちからいっぱい　すいこむ青
空にむかって　飛び立つ青

のがれられない　あおもある
ひとができて　どこまでもできない自分
からだの　底ふかく
しみこむ　あお
あおい　青

時間と　時間の

電車に乗って　どこかで降りて
すきな町を　歩こう
知らない村で　ゆっくりすわろう
時間と時間の　はざまに
右足を　左足を
踏み入れよう

横にむかって
すこしずつ　ながめるのもいい

きょうは
縦の方向に　さまよい歩く
何百年も　何千年も
一気に　飛んで

この大きな流れのなかに
自分のちいさなからだを　置いてみよう
それを見ている自分が　いるように

歩く

1

歩くたびに
ぼくは　すこしずつ
自分を　捨てていく

歩くたびに
ぼくは　すこしずつ

自分を　拾い上げていく
忘れていた自分を
初めてつかまえた自分を

木の葉を　大きくあびて
毎年　あたらしくなって
からだいっぱい　とけこんで

2

木は
自分で　自分を生み出す
ほんとうの　生きものになって

ぼくは
自分に　つくられるものではない

歩きながら
ひとりでに
生み出されて

歩きつかれて

ときはなたれよう
自分から

つぎつぎに
自分を落として

あおい空に　おおわれ
しだいにひろがる　夕ぐれのなかで

自分

かけらを　あつめ
土器のかたちに
もとどおり　組み立てて
足りないところを　おぎなう

こなごなにして
くりかえし　くっつけて

いくつも　こわしては
また　まぜあわせ
ぼくの　いのちは
そうやって　できあがったのだ

逍遥

こころを　あるかせよう
ぼくは　じっとしていて
自分はどこへいくのか　わからない
見失わないように
ゆっくり　ながめながら

どこから

ぼくの　すきまの
上からも　下からも
遠くからも
はいりこんでくる

かわいた砂の　あいだから
水がひとりでに　しみこむ
この音は
どこから　わき出しているのだろう

石

木でも　草でもなく
生きていないのに
だれよりも　長く生きている

生まれたのではなく
そこで　じっとすわっている

このやわらかさは　大きい
木よりも　はるかに力づよく

地球が　生まれたときと
まったく　おなじときから
ずっと　生き続けている

山道で

土を　つかむように
ふみしめて歩く
石畳を　確かめながら
のぼっていく
からだの中を
流れる音が　ちがう

自分を　ひとつずつ
ふりかえるとき

自分の　ゆくえを
つかまえたいとき

いっしょに

人は
ひとと　いっしょにいる
ひとりでいるときも
いつも　いっしょにいる

外に　出ていても
木のにおいに
葉のかがやきに　出会い

かすかな　ざわめきを
息づかいを　うけとめて

ぬくもりのある土から
ちからづよい石から
からみあう風からも
太古から　人びとは
うごめくちからを　とりこんで

たえまなく　消えることのない
おおぜいの　声と
いっしょに　いる

夢の中の

どこから　やってくるのだろう
目が　さめたとたん
すっかり忘れてしまったのに
まぎれもなく　ぼくの
いちばん弱いところを　つかんでいる

涙が　とまらない
わけも　わからず

自分が　ぼくを

自分が　ぼくを動かすから
息苦しくなるのだ
大地に　まかせよう
からだじゅうを　ゆだねて

いつのまにか
どんよりした雲は　やがて消え去り
あかるい青が　ぼくを
すっかり　飛ばしてくれるだろう

今年も

今年も　また田原へ行って
懐かしい田んぼの間を
歩こう　と思っても

新しく生まれ育った稲は　だれも
ぼくを　知らない

いや
知らないかどうかも　分からない

どの稲を　一人ずつくらべても
ぼくには　違いが分からない
稲から見ると
ぼくでも　どの人でも　同じだろう

ぼくが　いつか　いなくなっても
稲は　全く気がつかない

自分だけの　名まえを
ぼくも　忘れよう
いつまでも
くりかえし　生まれよう

Ⅲ

葉　1

内側から　外へむかって
毎日　すこしずつ
おおきく　のびて

一つひとつ
どのかたちも

ゆっくり　みつめていると
ぼくの　こころも
生きたい　どこまでも

ほんとうに　必要なところだけ
ちからを　こめて
ひろがっていく葉に　なりたい

落葉

冬が　近づいてきた
よけいな　自分を
なんにも身につけないで

必要な　自分だけを
ゆっくり　見つけながら
ぼくも　あたらしくなろう

葉　2

自分のかたちが　できあがった
すっかり　投げ出して

まぶしく　みなぎっている
ふかく　しみこむ大地へ
あおく　ひろがる空へ

見わたすかぎり
一まいの　また一まいの
息づかいが　あふれ

風へ

木の葉が　ゆれる
大気が　うごきわたると
葉のかすかな声も　ゆれる
ぼくの耳に　すいこまれていく

いつのまにか　風は
自ら　うかばせ　はこんで
この世のものたちが　生きていることを
知らせてくれる
鼓動の　つぶやきを

木の　息づかいを
ぼくも　いっしょに
流れていこう
どこまで　いっても
自分は　すりへらない
すこしでも　おおきく
ちからをたくわえて　ふえていく

木の葉は
あかるく　ほんのり暗く
風に　こたえ

Ⅳ

すこしでも

風が　うごきわたると
木も　葉も
かすかに　こたえ

しずまりかえった
落ち葉も　いつのまにか
深く　ささやく

人の　声も　こころも
すこしでも
ひびきわたれたら

落葉のように

半ば眠っていると
言葉は
すこしずつ　落ちていく
おもいものから　そっとしずみ
かるいものは　どこかでとまっていて
むすびついて
やがて　夢になる

うたいたい

うたいたい
言葉が　流れていくところまで
からだじゅうを
うたに　のせて
たかく　高く　飛んでいくところまで
胸の中を　かけめぐり
ひとまわりして
さらに　深い淵まで

やがて　自分にもどり
ぼくのそとへ
遙か　とおくまで

わすれて

いつのまにか
詩をわすれ　落として
池から去っていく　鳥たち

ひとつ
また　ひとつ
拾い　集めよう

ぼくも
わすれることが　できたら

詩

言葉は
自然に　つむぎ出され
ひとりでに　うまれてくる
ひとから　わき出て
ひとは　つくることができない
田んぼの　なかから
おおきく実る穂に　なりたい

言葉

葉っぱになって
かるくて
どこかへ　とんでいって
見えなくなる

音楽になって
空気のなかへ　はいりこみ
やがて　消え失せて

絵のように
つなぎとめておこう
目でみることができるように
いつでも　生きていて
うごきまわっているように

とどまって

言葉も
音も
生まれては　すぐに
飛び去って

ひとは
もう少しだけ
ここに
とどまっている

うたう

木は　うたう
ことばを　もたないで
人も　うたう
ことばの　なかから
木は　うたう
なにも　もたないで
人はうたう　大昔から

ことばが　なくても
おなかの　底から
胸の　内側から
ひとりでに　わきあがり
木や竹を　つかって
草を　つかんで

ぼくも
いつも　いつまでも
からだじゅうで
ことばのない　うたを
うたのない　うたを
うたおう

あとがき

森の中を歩いていて、ふと見上げたとき、初めて気がついたことがあった。木は、自分よりものすごく大きいのだ。あたりまえのことなのだが、木を、いつもとても身近なものに感じているので、そんなことは考えたこともなかった。人間よりも少しだけ高いものも、あるいは、ときには背の低いものもあるだろうが、森の中でも、山を歩いていても、ほとんどの木は、とてつもなく大きい。人間の何十倍も、背が高い。

そんな巨大な生き物たちに取り囲まれていても、近寄りがたい恐ろしさは、どこにも感じられない。むしろ、人のすぐそばにいるような親しみを感じる。木のとなりにすわってみたい。もたれかかってみたい。

この小さな森の中で、いったい、どれだけたくさんの木が住んでいるのだろう。この地球の中では、木と人間と、どちらが多いのだろう。

どちらにしても、木は、人間よりも力強く生きている。晴れわたった空を浴びているときだけではない。どんよりとした雲におおわれていても、木は、ますます生き生きとした力をあふれ出している。人に、あたたかい気を放ってくれる。木は、自分の詩よりも、遙かに生き生きした、本当の詩を生み出している。

私は、いつでも木のそばに行ってみたい。そして、大きく息を吸い込んで、木が書いた詩を味わってみたい。

この前に詩集を出してから、七年が経ちましたが、やっと次の詩集を出すことができました。竹林館の左子真由美さんには、大変お世話になり、深く感謝致します。

二〇一七年一〇月

西田　純

西田　純（にしだ　じゅん）

1956年　京都市中京区に生まれる。

詩集『空にむかって』（1992年　椋の木社）
　　『石笛』（1992年　土曜美術社出版販売）
　　『鏡の底へ』（1995年　土曜美術社出版販売）
　　『楽器のように』（1999年　土曜美術社出版販売）
　　『木の声　水の声』（2002年　銀の鈴社）
　　『森は　生まれ』（2010年　てらいんく）

詩誌「朱雀」「ＰＯ」、まほろば（21世紀創作歌曲の会）に所属。

住所　〒604-8871　京都市中京区壬生朱雀町8-8

詩集　風の森

2017年11月20日　第1刷発行
著　者　西田　純
発行人　左子真由美
発行所　㈱竹林館
〒530-0044　大阪市北区東天満2-9-4　千代田ビル東館7階FG
Tel　06-4801-6111　Fax　06-4801-6112
郵便振替　00980-9-44593
URL http://www.chikurinkan.co.jp
印刷・製本　モリモト印刷株式会社
〒162-0813　東京都新宿区東五軒町3-19

ISBN978-4-86000-372-2　C0092

定価はカバーに表示しています。落丁・乱丁はお取り替えいたします。